I0822102

El mundo del
oso polar
Katie
Gillespie
EYEDISCOVER

Ve a www.eyediscover.com e ingresa el código único de este libro.

CÓDIGO DEL LIBRO

AVJ25783

EYEDISCOVER te trae libros mejorados por multimedia que apoyan el aprendizaje activo.

Published by AV2
276 5th Avenue, Suite 704 #917
New York, NY 10001
Website: www.eyediscover.com

Library of Congress Control Number: 2020951983

ISBN 978-1-7911-3545-4 (hardcover)

Printed in Guangzhou, China
1 2 3 4 5 6 7 8 9 0 25 24 23 22 21

012021
102520

English Editor: Katie Gillespie
Spanish Editor: Ana María Vidal
Designer: Mandy Christiansen
Spanish/English Translator: Translation Services USA

The publisher acknowledges Getty Images, iStock, and Shutterstock as the primary image suppliers for this title.

EYEDISCOVER proporciona contenido enriquecido, optimizado para el uso en tabletas, que complementa este libro. Los libros de EYEDISCOVER se esfuerzan por crear un aprendizaje inspirado e involucrar a las mentes jóvenes en una experiencia de aprendizaje total.

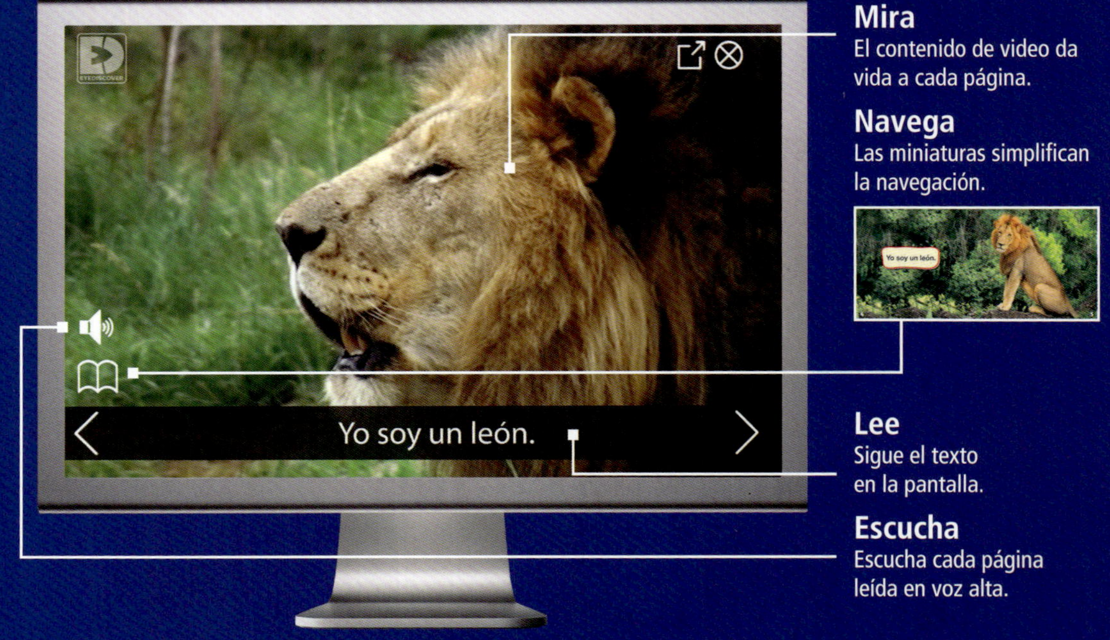

Mira
El contenido de video da vida a cada página.

Navega
Las miniaturas simplifican la navegación.

Lee
Sigue el texto en la pantalla.

Escucha
Escucha cada página leída en voz alta.

Tu EYEDISCOVER con Seguimiento de Lectura Óptico cobra vida con...

Audio
Escucha todo el libro leído en voz alta.

Video
Los videos de alta resolución convierten cada hoja en un seguimiento de lectura óptico.

OPTIMIZADO PARA
- TABLETAS
- PIZARRAS ELECTRÓNICAS
- COMPUTADORES
- ¡Y MUCHO MÁS!

El mundo del oso polar

En este libro aprenderás

- cómo soy
- dónde vivo
- qué como

¡y mucho más!

Soy un oso polar.

Mis grandes patas funcionan como raquetas de nieve. Evitan que me caiga en la nieve.

Cuando nací, no tenía dientes. No podía ver hasta que cumplí un mes.

Soy carnívoro. Las focas son mi comida favorita.

Soy muy buen cazador. Puedo oler a mi comida desde muy lejos.

Me encanta nadar. Paso más tiempo bajo el agua que cualquier otro oso.

Necesito grandes pedazos de hielo donde poder cazar para estar sano.

El oso polar **más pesado** que se ha encontrado pesaba **2.209 libras** (803 kilogramos). Esto es casi como **un auto pequeño**.

Los osos polares pueden **vivir** hasta **30 años** en la naturaleza.

El oso polar puede estar más de **un minuto bajo el agua** sin **respirar**.

Un **oso polar** pesa solo 1 libra (0,45 kg) **al nacer**. Esto es casi el **tamaño** de un **gatito**.

Quedan entre **20.000** y **25.000** osos polares en el **Ártico**.

Cada uno de los **cinco dedos** del oso polar tiene una **uña curva**.

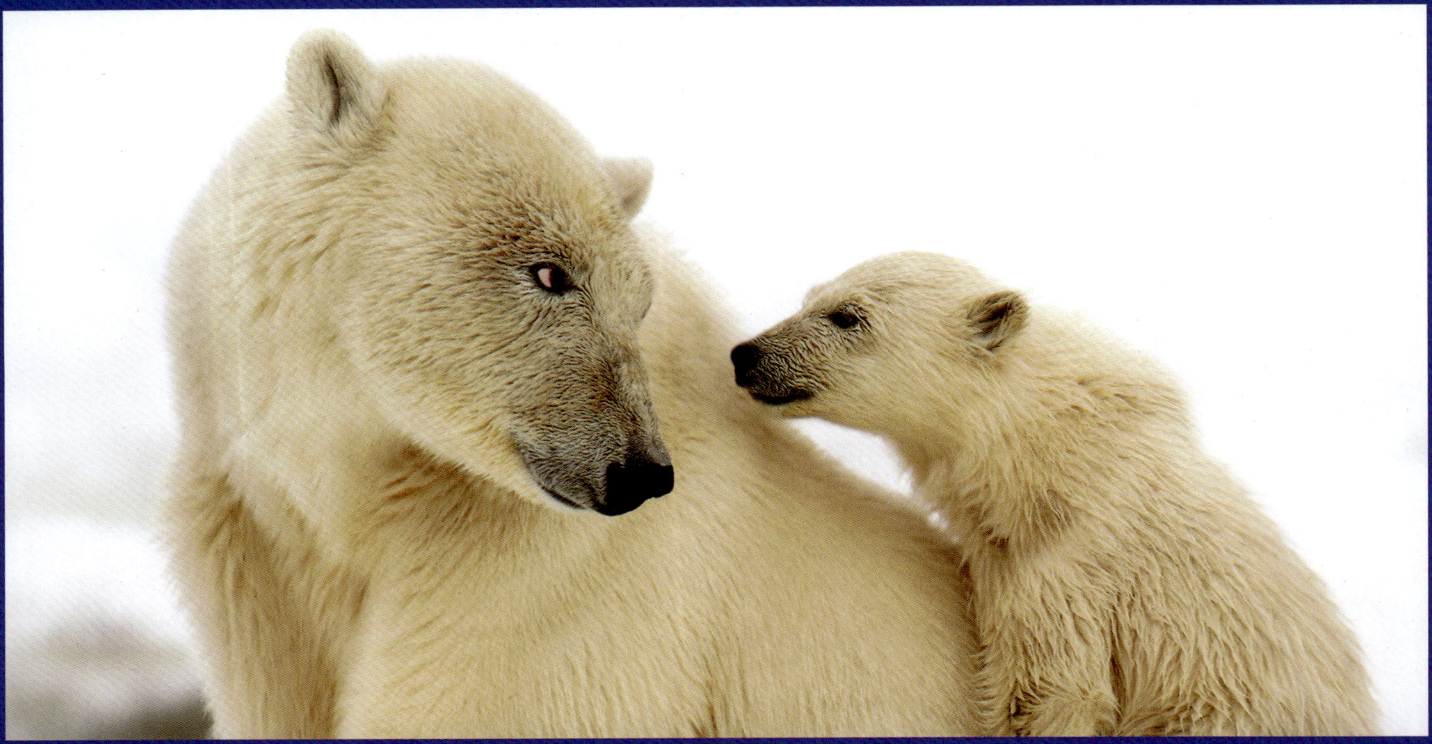

Mira
El contenido de video da vida a cada página.

Navega
Las miniaturas simplifican la navegación.

Lee
Sigue el texto en la pantalla.

Escucha
Escucha cada página leída en voz alta.

Ve a www.eyediscover.com e ingresa el código único de este libro.

CÓDIGO DEL LIBRO

AVJ25783